ÅRET

Noveller

Anna Sonja Bruhn

© 2014 Anna Sonja Bruhn
Foto: Anna Sonja Bruhn
Forlag: Books on Demand GmbH, København, Danmark
Tryk: Books on Demand GmbH, Norderstedt, Tyskland

ISBN: 978-87-7145-640-0

INDHOLDSFORTEGNELSE

UNDER OVERFLADEN

Det omfavner mig. Det tager mig, kaster mig omkring, som en manipulerende elsker.

Jeg misser med øjnene. Jeg slynges ubarmhjertigt rundt i hvirvlet, og føler mig helt og aldeles henkastet til en højere magt. Jeg er underkastet kræfter stærkere end mine egne; her er jeg ikke andet end en undersot for naturen og dens vilje. Jeg vælger at være medgørlig overfor den stærke strøm, og lade mig føre af vandet. Som en ballerina hengiver sig til sin dansepartner, vil jeg danse i vandet, og lade min krop rive sig med. Lade mig slynge rundt i vandet, efter havets ønske og rytme, og spare stridighederne, med den i forvejen betydelige overmand, jeg har fundet mig. Jeg er ikke bange. Jeg havde troet jeg ville være bange i en situation som denne. Jeg optager ikke saltvandet i min krop, men indtryk. Indtryk, som kun er til at finde dette sted, under disse omstændigheder. Himlen, som oplyser øverste lag af denne havets verden havet, og som – som det eneste – giver mig et praj om, hvad der er op, og hvad der er ned. I kaosset slynges dele af min krop med jævne mellemrum op og rører ved luften, oppe over havoverfladen. Luften som før har stået mig så nært, været kilden til mit liv, forekommer mig nu så underlig, fjendsk. Jeg har i min vælten omkring under vandet, skabt et tillidsfyldt bånd til dette element, og i samme nu taget en afstand til luftens element. Hernede er alting smukt og uafhængigt af tyngdeloven. Jeg ser verden med nye øjne – øjne, som før har været hæmmede og bange, for blandt andet dette element, havet – hvilket jeg finder ironisk, idet jeg nu i min tumlen, jævnligt misser med øjnene. Hernede står alting klart og enkelt, her er alting ærligt. Måske fordi jeg står uden reelle erfaringer og nederlag. Det er som at blive født på ny, som at være barn igen, og som et barn nyder det at trække luften ind i lungerne, elsker at betragte den ellers til tider ondskabsfulde verden, intet manipulerende eller negativt ser i livet, måske er jeg – på grund af min genfødsel – ligeså naiv og godtroende på den perfekte og forenklede verden, under havet, som et barn. Men det gør ikke noget, for på trods af min nyfundne godtroenhed, er jeg klar over, at denne tilstand er midlertidig, ja jeg vil endda sige kortvarig, for om ikke længe vil mine lunger blive fyldt til randen med saltvand. Det betyder ikke, at jeg fortryder min tilstand, og denne uvurderlige åbenbaring af en oplevelse, det betyder bare, at en bekymring om hvorvidt denne naivitet og troen på alt godt under havet, er overflødig og spild af kostbar berigende tid, da min tid hernede – under havet og i det hele taget på jorden, er udrindende. Jeg vil tænke på denne erfaring, som den ideelle afslutning, på et udmærket liv i luften. At folk skal forlade livet, uden denne oplevelse, gør mig trist og skuffet. Hvorfor er dette element, ikke tilegnet os? Noget så dejligt og ægte, skulle ikke gå til spilde.

Der sker noget i mine tanker. Jeg har opholdt mig i vandet i så kort tid, og alligevel begynder min måde at betragte havet på, at ændre sig. På få sekunder, får jeg – måske på grund af menneskets grådighed, måske på grund af min kultur og opdragelse – vendt mit syn og minde om havet, fra udelukkende at være behageligt og godt, til at føle mig snydt, over ikke at have muligheden for at nyde længere tid hernede, over dette utrolige sted, ikke er tilegnet mennesket. Jeg betragter menneskearten som den mest privilegerede, og kan ikke acceptere at vi skal gå glip af denne creme de la creme del af planeten Jorden. Grådigheden som vender stemningen i mit hoved, vidner om menneskets selvdestruktivitet, og evne til at nægte alt godt deres – og vores egen – nydelse, som det ellers retmæssigt har fortjent, og berøver mit øjebliks glæde. Grådigheden, som uden konstant at blive holdt eksakt i balance, er i stand til at destruere et hvert forhold, selv til det som ligger én allernærmest, eller dét, som før var kærlighedens sted, og rart at tilbringe sine sidste sekunder.

Jeg ser mine lemmer blive rusket rundt af havets kræfter. Ser hvordan jeg og mine kropsdele, magtesløst er overladt i havets favn, intet forsvar er hver at stille op med, det nyttigste er at føle sig tryg. I takt med svingningerne i vandet, bevæger mit hår sig magisk og forførende omkring mit hoved. På én og samme tid, går tiden hurtigt og langsomt. Min fornuft siger mig at alting går hurtigt og voldsomt til, men mine følelser banker på indersiden af mit hoved, og fortæller mig om magien i tempoet, som bliver sat ned.

Nu mærker jeg en bund i min krop. Derinde hvor mine organer flittigt plejer at adlyde mine ordre om at indånde luften, hele organismen i mig, sætter en grænse. En følelse af begrænsning, som jeg ikke erindrer at have følt mange gange, i løbet af mit liv. Mine tanker bevæger sig som tråde, tilbage til da jeg led samme smerte, kun nu er følelsen ikke tynget af smerte. Jeg tænker på måden han strakte ud efter mig, med hans store elskelige arme. Jeg var vag og usammenhængende, uden og med ham. Intet ville være blevet bedre om jeg stoppede ham. Han skulle trække mig gennem vores begges liv, for jeg selv var ude af stand til det. Vi var hinandens afhængigheder, han sugede min tiltro, min overbærenhed, min skam og min svaghed, til sig, og jeg hans dømmekraft, hans egoisme, og hans ihærdighed. Begge var vi usikre, sammen var vi det stadig, men vi skabte noget – tilsammen. Han bøjede sig over mig, og jeg så neutralt på ham. Spejlede ham måske, fordi vi var ens. Han tog fat om min hals, og klemte til omkring min hud, hvilket frembragte denne genkendelige følelse, jeg nu på ny oplever.

Jeg har glemt følelsen af vægt, som ellers plejer at tynge min krop ned. Tyngdekraften som jeg det meste af mit liv har taget for givet, hverken betragtet som noget godt eller dårligt, ville nu – sammenlignet med denne uforpligtende og frie underverden – virke tyngende, udover det umiddelbare. Denne kraft som holder vores jordiske verden sammen, som skaber mindst én fællesnævner for os alle, nemlig at vores fødder altid vil stå solidt plantet på jorden, forekommer mig nu så overflødig og besværlig.

Mine fingrespidser er hvidgule og stive, og ser død ud. Min krop lider under denne omvæltning, den inden for et par minutter er blevet udsat for, men jeg selv nyder det. Nyder at være alene, uden forventninger eller risiko for skuffelse, ingen angst for andre mennesker, her kan ingen gøre mig noget, her er jeg alene, og for første gang, uafhængig. Det er pudsigt at jeg – trods jeg udmærket er klar over, at jeg ikke vil overleve hernede – føler mig tryggere end nogensinde før. Denne stilhed er hvad falder i min smag, ligeså gør det, ikke at have nogle valg, altså at være tvunget til ikke at tage stilling, og arbejde med det som er givet. Følelsen af at give slip, lade sig ruske i, jeg gjorde intet. Jeg tog imod hans vrede, og ærgrelse over livet, og over at jeg tog imod. Han brød sig om måden jeg slubrede hans udskælden i mig på, og på samme tid, ikke. Det ville have gavnet os begge, hvis jeg havde sagt ham imod. Jeg ville have groet og blomstret, i stedet for at visne, han ville have undgået at gå i forrådnelse. Men vi havde det godt og rart, det havde vi. Hans pande mod min, min hånd i hans, vores ben som gik i takt – ubevidst – som om vi voksede ens og i samme tempo, i takt.

Jeg aede hans kønne ansigt med min pegefinger, helt fra hårgrænse til hagetip. Over hans grove øjenbryn, hans indadgående tindinger, langs hans markante kindben, som var med til at gøre hans ansigt bestemt. Så aede jeg under hans øje, hvor hans hud var fin og sart. Hans ansigt var umiddelbart markant, med grove og maskuline træk, men når man kendte ham nok, havde betragtet ham tæt på, ville man lægge mærke til den tynde fine hud, som er sart og let at ødelægge, under hans øjne. Så bevægede jeg min pegefinger op til toppen af hans næse, ned over den lille pukkel den havde. Da jeg nåede til næsetippen, kurede jeg med min finger ned i den lille kløft mellem næse og læber. Størrelsen på hans kløft, og min pegefinger var identiske, og det var som var de støbt til hinanden. Hans læber rørte jeg blidt og langsomt, de var bløde og fyldige, og en anelse tørre. Jeg nåede til hans hage, hvor der groede skæg. Ikke langt, bare et jævnt lag stubbe, som stak som grannåle. Da jeg var færdig med at mærke hans ansigt med min fingerspids, kyssede jeg ham.

De små bobler som siver ud mellem mine læber, gennem den uundgåelige mikro sprække derimellem, fascinerer mig. Måden de, som om de var levende, pibler op mod havoverfladen, op mod luften. Det er svært at skelne mellem de bobler som opstår på grund af min tumlen og viften med lemmer, i vandet, og dem som udskilles fra den luft som tidligere befandt sig i mine lunger. Men de gør der alle sammen, stiger op. Som om de har fået det som ordre, helt kompromisløst vil de – som ilt – mase sig vej frem, gennem vandet, op til overfladen. Jeg undrer mig over hvad der bliver af dem når de når derop, hvor bliver de af? Bliver de til skum på havoverfladen, eller findes deres egentlige mål, længere oppe i atmosfæren, som de sammen flyver op mod.

Jeg har vænnet mig selv og mine øjne, fra missende at forsøge at iagttage denne anden verden, til med åbne og rolige øjne, frygtløst at nyde og integrere mig hernede. Selvom jeg påstår at have gjort mig til en del af det umenneskelige, er mit syn og min iagttagen stærkt præget af min uundgåelige menneske-lighed. Jeg finder det svært ikke at drage sammenligninger mellem havets små vidundere, og det levende og allerede erfarede, som hører hjemme deroppe hvor jeg ligeså plejer at høre hjemme. Jeg ser noget genkendeligt i alt jeg betragter, drager paralleller og lader min mentale bagage – i form af erfaringer – enten nedtynge eller ophøje mine nye indtryk, af det ellers ukendte hernede. At mine øjnes måde at se hernede, på trods af noget så markant som elementet jeg bevæger mig i, har ændret sig, stadig er sløret, at jeg ikke kan lægge min fortid og min viden fra mig, og forholde mig fuldstændig neutralt og jomfrueligt, generer mit sind. Men mennesket får ar, gode og dårlige. Jeg mærker mine ar, mine minder, og er – trods alt – glad for at noget i denne verden, har været med til at mærke mig, bruge dets opmærksomhed på mig.

Luftboblerne som kredser omkring mig, bevæger sig uforudsigeligt rundt, som var de levende. Som om de var mælkebøttens visne kronblade. Disse to har samme lette, uskyldige måde at bevæge sig opad på. Selv den mindste berøring ved en nedblomstret mælkebøtte, vil sætte disse paraply-lignende blade til vejrs. Denne berøringsangst deler de med luftboblerne, som på samme måde ikke kræver andet end den mindste bevægelse under havet, for at blive udløst.

Jeg mærker i mine lunger igen denne bund. De er snart tomme, og vil i samme øjeblik jeg slipper mig selv, blive fyldt til randen med saltvand. Af vand i min moders mave er jeg kommet, af vand skal jeg blive. En klaustrofobisk følelse rammer mig, og jeg nærmer mig et panisk punkt, som jeg ellers så ihærdigt har forsøgt at undgå. Jeg undertrykker klaustro-

14

fobien som ellers omringer mig, jeg tillader ham at bestemme. Som den dominante rolle han har spillet i mit liv, er det i en hvis forstand kun på sin plads at han ligeså bestemmer hvornår det skal slutte. Hans meget store skikkelse, vil til enhver tid kunne sluge mit lille og selvdestruktive væsen. Men er det ikke netop dette, jeg hele mit liv har set frem til? At finde den tryghed og ærlighed, jeg altid forgæves har efterstræbt. Nej, ikke forgæves, fordi han gav mig en tryghed. En falsk tryghed, men en tryghed som jeg behøvede for at fungere. Og er alt i denne verden, desuden ikke også relativt falsk? Er det eneste vi – for at overleve opholdet livet – ikke håb om forbedring? Vi graver ved en hver lejlighed lykke til os, og lader den grådighed som bor inde i os føre vejen gennem livet, i dens søgen efter lykke. Nu mærker jeg det kolde vand entrere mine lunger, mærker hvordan de udfyldes. Det føles behageligt. Måske mærker jeg lykken?

REGN

Hvis det bare ville stoppe. Vandet, som fosser ned af mine vinduer, får mig til at føle at jeg står inde under et vandfald, og at der ikke er nogen vej ud. Jo, én. Gennem vandet. Gennem det væmmelige og kolde vand, som kun vil mig det værste. Nej, måske ikke det værste. Måske er det bare mig, som ikke sætter pris på vandet, for hvad ville solskinnet være, uden regnvejret? Så ville det være solskinnet, jeg ikke satte pris på, og hvis ikke engang man sætter pris på solen og dens varme, så er der ikke meget tilbage i denne verden at sætte pris på.

Men regnen forekommer mig så uoverskuelig. Der er så mange problemer ved regnen. Men jeg må og skal ud. Det skal jeg.

Jeg vidste det. Jeg vidste det hele tiden, den var væmmelig. Jeg blev ramt af en klam følelse, da regnen silede ned over min bare hud. Jeg følte mig kold, trods forårssolen sendte svage stråler på fortovet hvor jeg gik, men det var som om, strålerne ikke ramte mig. Som om de alle havde besluttet sig for at lade mig udsætte for kulde og vand, hvilket ellers ikke hørte sig til i den lune dag.

Strålerne skinnede helt afgjort på menneskerne på den anden side af fortovet. To mennesker – en smuk ung kvinde, og en smuk ung mand, som hånd i hånd løb med dagens avis over hovedet, som dække for regnen, grinende og fjollende. Det var tydeligt at se – selv ovre fra mit ikke-solbeskinnede fortov, at de brød sig om hinanden. Måske endda meget! Måske så meget, at de slet ikke skænkede regnen en eneste tanke. De tænkte kun på, hvor godt de syntes om hinanden, og på hvordan de følte sig heldige at have mødt hinanden. Jeg følte mig ussel, ja jeg skammede mig over at blive så trist over regnen. Det var jo bare regn! Den ramte mig bare så hårdt, og syntes modsat at pible direkte af de to unge mennesker, som om solens stråler beskyttede dem. Som om der dannede sig en lille bevægelig solskinsboble, fyldt med latter og kærlighed, som afskærmer for al regn og sorg og tvivl.

Langsomt begyndte den kraftfulde regn at aftage, og da jeg nåede til mit atelier, var regnen helt stoppet, og det eneste spor den voldsomme strøm af vand havde efterladt, var vand-pytterne på de ujævne veje, og min brune frakkes vægt som var tæt på fordoblet efter eftermiddagens vejrudskejelser. Det var som om byen havde nydt godt af regnen. Det var en tiltrængt byge, ikke en af dem som varer i dagevis – nej, en af dem som får dagen til at skifte farve, som medbringer en helt ny duft, og som fjerner det værste pollen fra bilruderne. Nu havde jeg gået rundt med en følelse af selvmedlidenhed i et stykke tid, og jeg havde håbet at regnen ville skylle den væk med sig, men det gjorde den ikke. Jeg følte mig ligeså ynkelig som inden vandet begyndte at falde, nu endnu mere, fordi nu var jeg oven i købet drivvåd.

Jeg låste døren op til mit atelier, og gik den sædvanlige runde jeg altid går, når jeg lige er ankommet. Jeg betragter mine værker, ofte med nye øjne. Det hjælper det mig til at tænke nyt, arbejde videre med sagerne, nogle gange forbedre, nogle gange ødelægge, men det gør ikke noget, for jeg kan ikke sælge noget, før jeg ved det er færdigt. Måske ender det ikke godt, men så har det heller ikke - fra begyndelsen – været min hensigt at lade det lykkes. Ubevidst har jeg haft en selvdestruktiv indstilling til maleriet, som så ender i et kaos. Man kan mene det er synd for maleriet, men det er vel mit maleri? Det er vel mit værk, mit afkom, som skal adlyde og indpasse sig mine forudsætninger og forestillinger. Jeg står og betragter mit billede af et æble, tilhugget af et spillekort. Et hjerterdame kort. Jeg glaner ved synet af det uægte. For er det vi kendetegner som kunst, ikke altid uægte? Noget vi ivrigt forsøger at opnå at kalde det ved titlen, rent efterligning af den egentlige kunst – verden. Den farverige og til tider våde verden.

Hvad er det egentlig som fylder verden? Vi taler om det uægte og tilnærmede, men er det ikke bare en del af fyldet? Noget af det som findes. Måske skal man stoppe denne opkørthed og søgen efter "kernen" og "meningen med alting", og i særdeleshed verden, for er det ikke blot deprimerende, konstant at føle sig hævet over denne overfladiske og materielle fylden. *Er* vi ikke bare disse to ting, for ville vi i stand til at udrette så meget af dette, uden selv at *være* det? Er det muligt at tage afstand, samtidigt med at skabe samme?

Når jeg har gået min runde, beskuet alle mine malerier, givet dem alle hver især den tid, de som kunstværker fortjener, retter jeg blikket mod mit skrivebord. Det lyse og behagelige rums atmosfære tynges ned af dette rodede hjørne, og det gør mig trist at se på. Hvorfor skal dette tilrodede bord, koste det ellers velfungerende rum dets fortjente status? Hvordan kan én fejl, i en ellers forholdsvis velfungerende mekanisme, koste resten så dyrt? Hvordan kan én fejl få lov til at fylde så meget, og veje sig op imod alt det smukke og dejlige. Det er også bare fordi jeg er dårlig til papirer. Nej, ikke alle slags papirer, bare papirer som er tildækket af bogstaver. Jeg har aldrig været komfortabel ved tanken om ord og bogstaver. Det skræmmer mig, den korrekthed som følger med, og måden fænomenet "skrift" er ubøjeligt. Modsat kunst, har sætninger en måde at blive opsat på, en bestemt måde at blive stavet på, og disse regler er ikke til at undgå. Hvis man gør forsøget på at undgå at følge disse regler, kan det ikke længere kaldes for et ord, fordi ordet er ordet. Det er ikke fordi jeg ikke bryder mig om ord, for det gør jeg, jeg bliver bare usikker når det drejer sig så meget om struktur, hvilket er frustrerende, da strukturen jo binder livet sammen – i samarbejde med kaosset. Men jeg kan ikke rydde bordet. Jeg kan ikke gøre det, når det ikke er noget som vækker min interesse. Galleriet er mit hellige sted, og drevet af passion. Drevet af *min* passion, som hér vækkes til live og pynter verden. Jeg vil bevare denne kreative atmosfære, og det at rydde op vil – i underbevidstheden – tynge min kreativitet ned, og præge min kunst, så den mister den uafhængige funktion den er i besiddelse af. Kunst er dette moderne og strukturerede samfunds frirum, og i det samme strukturen blander sig med den ellers frie kunst, dør kunstens lethed, altså det som gør den til kunst.

Mine nære, som kender til denne tilgang jeg har til kunst og rod, påstår at jeg er skør. At jeg ikke kan skille to ting så markant fra hinanden, fordi vi lever i en forenet verden, hvor fænomen overlapper fænomen, og en forbindelse mellem to vidt forskellige ting altid vil eksistere. Jeg er uenig. Jeg mener alt andet, end hvad jeg gør, er at komplicere tilværelsen. En kunster som jeg, bør ikke nedværdige sig selv med noget så ukreativt som oprydning. Andre, som nyder at udøve oprydning, kan ved at rydde mit rod op, opnå tilfredsstillelse, og styrke egen kreativitet.

Jeg hører bilers forbifaren på vejen. Larmen og støjen i gadelivet farver byen, og giver mig noget at betragte. Bidrager - i dens uvidenhed – til alle menneskenes tanker. Menneskene, der som myrer tramper rundt i deres egne fodspor, i forsøget på at leve et liv, som aldrig har været set før. Menneskenes evindelige kamp om at udskille sig fra resten af de identiske personligheder, som stadigt holdes tilbage af følelsen og frygten for en udelukkelse af samfundet som helhed.

Mine tanker skifter med ét fokus, og jeg drejer hovedet væk fra den befærdede vej, og hen mod min kunst. Jeg er til i denne verden for at skabe værdi, opretholde menneskenes kollektive kreativitet. Dette er, hvad jeg kan bidrage med, så dette er hvad jeg må præstere. Når tanken om at blive dømt for min kunst, strejfer mine tanker, bliver jeg nervøs. Nervøs for at andre mennesker – hvilket det forventes jeg udtrykker mig på vegne af – ikke føler sig repræsenteret af min kunst. Presset fra at den egentlige målgruppe, mine medmennesker, vil føle skuffelse over min præstation inden for det eneste emne, jeg på nogen måde er noget nær i besiddelse af. Men dette er, hvad jeg gør, hvad jeg – i nogle stunder – er god til, og det som viser min bedste side. Uden min kunst ville jeg ikke være andet end et lille, gråt menneske, uden yderligere evner.

Den lille klokke, som da jeg overtog stedet her satte fast på dørkarmen lige over døren, som markør for når noget eller nogen træder ind på mit område, hører jeg ringe, og ser samtidigt for mig, hvordan den danser, lystigt og tilfredst over at have udøvet sit livs opgave. Jeg tænker først et stykke tid efter over, hvordan jeg har brugt længere tid på at bide mærke i det, end det som klokken ellers havde til hensigt at lade mig bide mærke i. Selve mennesket som træder ind ad min dør. Sådan går mine tanker, i hak. Som en drømmer, lægger jeg vægt på ting, som måske ikke var ment så meget opmærksomhed, men er det nu også så galt? Ethvert fænomen, har vel - som bidrager og del af denne verden – til ret at blive skænket en tanke, i ny og næ.

Først efter disse par referencer til dele af livet, man sjældent belyser, strejfer mine flyvske tanker mennesket, som netop er trådt ind i mit atelier. En mand med et venligt udseende, med mørkeblå arbejdsbukser og matchende arbejdsjakke, står og ser imødekommende men undrende på mig. Han tænker sikkert ved sig selv, allerede efter kun et par sekunder, hvor jeg ikke har givet ham den opmærksomhed, han nok havde forventet, idet jeg passivt står lige op og ned nogle meter fra ham og stirrer fast op på dørklokken, at jeg er underlig. Det er jeg måske. Men er alting ikke relativt – ja, er vi ikke alle mærkelige, i forhold til hver vores målestok? Hvordan skal vi være i stand til at definere nogle udtryk, nogle følelser, nogle tanker, når vi i virkeligheden alle er helt og aldeles forskellige, og aldrig vil kunne gennemskue, om vi betragter vores fælles verden ens? Tanken om at vi alle går rundt i hver vores verden - måske ser farven gul på hver vores måde, forbinder følelsen af lykke med hvert vores humør, gør mig meget frustreret. Hvad hvis vi i virkeligheden intet har til fælles? Hvad hvis vi for alvor er ene og alene om alt og alting, er vi så ikke fortabte? Men så kommer jeg i tanke om, at det har fungeret indtil videre, og at det så vel sagtens, nok også skal fungere i fremtiden.

Igen har jeg ladet mine tanker forgrene og brede sig, og opdager nu – for anden gang – at manden foran mig står og ser på mig. Jeg tænker straks over den lille blå tophue som sidder på hans hoved, som han - selvom foråret er over os, bærer. Hans kinder er buttede, hans hår er rødblond, og hans næse har form som en mindre kartoffel. Jeg ser ind i hans øjne, og han i mine. Han stiller mig et spørgsmål, men jeg glemmer at høre efter sammenhængen af ordene, som kommer ud af hans mund. Hvis jeg ikke indstiller min tankegang til at registrere de lyde et menneske udsender når det taler, opfatter jeg bare en stemme bevæge sig i former og toner. Jeg ser den for mig, som en strøm, rutsje omkring i luften, og ved tavshed forvandle sig til et dalende fladt og jævnt lag af luft. Det betyder ikke, at jeg foragter det givende menneske og dets ord, men at jeg i natur hører ordene, uden nødvendigvis at fortolke dem.

For ikke at bekræfte de fordomme, manden foran mig muligvis har opbygget i løbet af det sidste minut, beder jeg ham gentage hans spørgsmål. Han spørger mig, om han bare skal begynde hans arbejde, og jeg ser undrende og uforstående på ham. Hans hånd har et afslappet greb om en skraber, og ved hans fod har han stillet en spand, med noget som ligner rengøringsmidler, fra sig. Han uddyber sit spørgsmål, da det går op for ham, at jeg tydeligvis ikke forstår hvad han henviser til, og indskyder "altså med at pudse vinduerne". I det samme forstår jeg hvorfor han er her. For at rense mine vinduer. De være rene for at omringe min kunst med klarhed, hjælpe til at gøre min kunst synlig og kassere alt omverdenens støj og forurening og skidt fra, så min kunst og jeg står tydeligt og gennemskueligt frem. Når mine ruder er rene, kan vi betragtes med det færre fordomme, og det tyndere slør. Sløret, skidtet på mine ruder udgør, bringer en mindre ærlig atmosfære hertil, men gør det samtidig muligt at tage en afstand til kritikeren. Så snart jeg byder dem velkommen med åbne arme, og viser dem min egentlige umiddelbarhed – altså en forenklet og ren udgave af mig - har jeg, hvis kritikeren eller omverdenen ikke falder i vedkommendes smag og finder mig uinteressant, absolut intet at falde tilbage på, og ingen undskyldninger at bruge, for så har jeg givet alt hvad jeg er og består af. Jeg vil stå uden forsvar, og uden chance for at bakke ud, og benægte mig selv. Det er en svær beslutning, men ærligheden er, hvad definerer, hvor sandt et forhold vi har til det omkringliggende, og en nødvendighed, hvis lykke vil opnås. Ligeså vil jeg – med rene ruder, og åbenhed overfor omverdenen – være i stand til selv at se verden med klare øjne, usløret.

Jeg smiler til manden, for jeg har besluttet mig for at lade solen skinne ind. Gennem klare og rene ruder, på mig og min kunst. Så henviser jeg ham til håndvasken, hvor han kan fylde sin spand, og ved at pudse mine vinduer, hjælpe mig med at se klart ud på verden, og lade den se klart på mig.

BØLGEN

Det hele rokkede, frem og tilbage. Hans fødder bevægede sig i takt med bølgernes skvulpen, i forsøget på at holde balancen. Hele kroppens akse skulle bevæge sig i overensstemmelse med båden og bølgerne, men alligevel var føddernes forsøg på at følge med, altid en halv takt bagud. Det var nemmere at sidde, med fødderne ud over rælingen, bare at sidde. At sidde og fundere over livet og dets finurligheder. Over lyster og ulyster, vejret, kærlighed, og over hvor lille et menneske han var, betragtet i forhold til det gigantiske ocean han befandt sig på. Han fandt naturligvis aldrig frem til en konklusion på hans filosofiske overvejelser - ikke noget han ville stå ved. Sådan var det ofte med ham. En masse gode tanker, men intet mod til at handle. Her var hun modsat. Hun var hurtig på aftrækkeren, selvsikker, kaotisk og sprudlende. Man skulle tro at det var hende som havde overtalt ham til at rejse med rundt i verden til havs, men sådan var det ikke gået til. Tværtimod. Det kom bag på alle, da det kom frem, hvordan han havde bønfaldet hende om at tage med ud at sejle. Ingen vidste hvornår de ville være hjemme igen, og ingen vidste hvor de ville tage hen. De ville bare væk; sammen.

Han havde været forvirret længe. Han havde aldrig fundet sit kald, hvilket gik ham på. Alle omkring ham beroligede ham med, at han jo kun var 24 år. Men han ville have et mål. Noget at stræbe efter, noget at lade livet dreje rundt om. Han mente ikke han nogensinde ville kunne tage et skridt frem, uden ligeledes at tage et skridt tilbage igen, uden et mål. Han var ambitiøs, men blærede sig aldrig over de ofte gode resultater. Igen var hun noget af en modsætning. Hun bekymrede sig ikke synderligt over fremtiden og dens eventuelle mangel på indhold, hun levede den ene dag efter den anden, og lod sig aldrig slå ud af sin egen elendighed. Den ene dag ville hun være stewardesse, den anden bilmekaniker. Når parret mødte fremmede, skabtes let tendensen til at tro at hun var nogle år yngre end ham. Men da de var tvillinger, var dette ikke tilfældet, hun havde bare et ungt sind, i forhold til ham. Af deres venner hørte de jævnligt replikken: "at I har ligget i samme mave, i samme moderkage, det er mig en gåde" i hovedet. Til det svarede de: "vi var enige om fordelingen af humør", og så var det emne overstået. Som tidligere nævnt, kom det som en overraskelse da de to fortalte, hvem som havde overtalt hvem, til spontant at drage ud på den rejse, de begge ubevidst havde ventet længe på. Det havde ligget i kortene, at hun ville rejse fra forpligtelser og tætte relationer, til fordel for nye indtryk og fremmede steder, men af ham var en lang uddannelse og en finger i jorden hvad der var forventet. Derfor var det ikke en nem sag at forklare, hvem som ønskede turen højst.

En aften havde han siddet ved badebroen i sit barndomshjem, og havde fået en pludselig træng til noget anderledes. Noget uventet, måske endda noget med risiko for fare. Han havde siddet og kigget ud over havet, det hav som altid havde skræmt ham. På trods af deres opvækst nær vandet, havde han så langt han kunne huske tilbage, frygtet det som pesten. Han så for sig hvordan de vilde bølger ville æde ham, og hvordan hans øjnes bane stille skrænkedes ind, og han til sidst ikke engang ville kunne se det sidste, ellers kraftige lys fra solen. Han dyppede højst en storetå, og på en rigtig god dag, måske efter indtagelse af lidt alkohol, hele foden, men aldrig mere. Hun havde altid fundet hans frygt for havet og bølgerne dybt latterlig, da det virkede åbenlyst at boltre sig i det, efter hendes mening. Samtidig med at hun ikke forstod hans frygt, respekterede hun den også. Hun affandt sig med, at de var forskellige - også på det punkt – og pressede eller plagede ham aldrig til at hoppe i de høje, mørke bølger, sammen med hende selv.

Da han havde siddet stille og alene på den lange badebro en sommeraften i maj, havde han følt sig overbevist. Det var som om de ellers skræmmende bølger, lige pludselig talte så voldsomt og tiltrækkende til ham. De så nu spændende og vilde ud – stadig småfarlige, men ikke på en dræbende måde. Nej, denne gang var de skønne og uundgåelige. Han følte en stærk trang til at hoppe i vandet, men han var dog stadig ham, så hans fornuft og sans for fare og dumdristighed spillede ind, og han undertrykte lysten. I stedet løb han så hurtigt han kunne op til huset, hvor hun sad og malede.

Hun var en person som sprang fra interesse til interesse, men havde gennem hele livet været kunstnerisk anlagt, og haft en fantastisk evne til at male. Hun havde engang trodset sin egen fornuft, og fik efter utallige opfordringer fra samtlige venner og familiemedlemmer, bedømt sin kunst af en professionel gallerist. Dette var imod hendes ideologi, som lød på at kunst var noget som kom indefra, og som man ikke kunne få indblik i, af at se på andres. Hun havde alligevel en dag sidst på en meget tør måned, opsøgt en gallerist for at få det bedømt. Hendes følelser havde siddet uden på tøjet, så da galleristen havde set skeptisk på det, havde hun brølet den stakkels kritiker i hovedet, og skældt ud over hans dårlige manerer, samt hans ligeså dårlige sans for kunst. Herefter havde den skræmte gallerist måtte forklare sig, og undskylde sin misvisende mimik, da han tværtimod brød sig utroligt meget om hendes værker. Dette havde imidlertid ikke overbevist hende, så hun var gået – temperamentsfyldt, med næsen i sky, og de farvestrålende billeder under armen.

Hun havde fået et chok da hendes bror var kommet springende op ad skråningen mod huset. Han havde haft et overenergisk udtryk i ansigtet, som bar præg af både glæde, forskrækkelse, og voldsom anstrengelse over løbeturen – på samme tid. Han havde løbet mod hende, med åben mund og viftende arme, råbende hendes navn, og en masse uforståeligt pludder om sejlads. Det havde taget noget tid for ham at overtale hende om denne sejltur rundt i verden, men da han havde overtalelsesevner, og hun tendens til spontane og uigennemtænkte handlinger, var det alligevel efter et par øl lykkedes. De skulle afsted. De skulle afsted på en rejse, som ville tilfredsstille de tos individuelle behov og mangler. Hun, som havde svært ved at slå rødder og finde ro, ville nyde godt af stilheden og den meditative stemning som havet beriger én med, samtidigt med at hendes lyst efter spænding og det konstant at være i bevægelse, ville blive tilfredsstillet.

Hun havde set på ham, med et blik som hun sjældent gav ud, men i stedet plejede selv at modtage. Et blik, hvori der lå forbavselse og en lille smule frygt, idet den rolle, hun plejede at udfylde, pludselig ikke var besat af hende længere, men taget af ingen mindre end hendes egen bror – den person hun ventede det mindst fra. Ikke fordi han ikke var velkommen til at slutte sig til den mere spontane del af verdensbefolkningen, som hun så stolt var noget nær formand for, men fordi det krævede tid, at lære at forholde sig til denne pludselige spontanitet. Hun så ham pludselig i et helt andet lys, og tvang sin hjerne til at arbejde på højtryk, i håbet om at finde årsagen til denne pludselige ændring af personlighed. Hun overvejede, om det var hende selv, som kunne have smittet ham, med sin vildskab. "Smitter disse træk, overhovedet?", tænkte hun. "Og hvis de gør, smittes man så ligeså let af tilbageholdenhed, betænksomhed og fornuft - som er de evner han er besiddelse af - som spontanitet?"

Hans fødder ramte skibet på samme tid, da han hoppede fra broen, og ned på dækket. Det gav stød i hans fødder, og han græmmedes i nogle sekunder. Så var han igen frisk og klar til at indtage den lettere våde del af verden, opleve bølgerne, og lære sig selv at kende.

Havets bølger ramte bådens dæk kraftigt og ubarmhjertigt. Efter hver bølges selvsikre angreb på bådens dæk, skiltes dråberne bølgen bestod af, og de – som når et glas tabes på jorden, og tusinder glasskår pludseligt opstår – splintredes, og forekom nu så harmløse. Bølgen som for et kort sekund havde kunnet sluge mig, tænkte han, er nu intet andet end en masse små dråber, som jeg uden videre ville kunne overmande. De forstærker alle hinanden, og skaber sammen noget stort, noget bemærkelsesværdigt, men uden hinanden er de kun mange svage dråber, som forvirrede pibler rundt på et dæk, ude af stand til at udrette det store. Han tænkte på hende, på de evner hun besad, hun var i stand til ting, han aldrig havde været i stand til. Han havde selv andre evner, og de tos forskelligheder, ville sammenlagt forstærke dem begge. De var som to dråber vand, men modsat hvad ordsproget siger, var de dybt anderledes fra hinanden, og deres styrke ville først nå et optimalt højdepunkt, når de lærte at benytte sig af begges. Denne rejse ville hæve mængden af styrke i verden, for nu ville de være tvunget ud i samarbejde, og en kraft som aldrig før set mellem dem, ville opstå.

Solen gemte sig bag en sky, og båden lå mørklagt. Hun kunne ikke se hvad hun malede, kun følge sine instinkter, og skyggen fra sin egen hånd. Han betragtede hende fra roret, hun var så inspirerende at se på. Hendes hånd prøvede at finde vej til lærredet gennem skyggen, hendes anden arm viftede ud i luften, og hendes fingre strittede ud til alle sider. Hendes ansigt lavede grimasser, hun var helt anstrengt, det kunne han se på måden hendes læber skrumpedes ind, og hendes øjne var sammenknebne så de fik form som brevsprækker. Hendes hals strakte hun fremover, og hendes numse strittede bagud, så hendes skikkelse mindede om en struds´. Hun forsøgte at gengive bølgen på lærredet, men hver gang hun malede et strøg som skulle forestille én bølge, udlignede den virkelige bølge sig med resten af havet, og genopstod på ny, i en ny form. Sådan forsvandt hver bølge hun satte sig for at male. Den bølge som var ved at opstå på lærredet, var et produkt af hendes samlede indtryk af de bølger hun havde iagttaget. Hun havde i sit hoved prøvet at gennemskue hver bølges proportioner, og så vidt muligt gengivet dem, altså var det endt i et gennemsnit af havets bølger. Det gjorde hende intet, at det ikke endte med at være én bestemt bølge, fordi hun besad tilpas med selvsikkerhed til at tro på, at bølgen som nu strømmede over hendes lærred, ville – hvis den blev bragt til live – skabe oplevelse af en ægte bølge.

Da solen fandt sin vej ud af skyerne, og strålerne igen lagde sig på dækket, begyndte det at regne. Små dryp, som ville forene sig med havet de sejlede på, og minde søskendeparret om at de ikke kun havde vand under sig, men også over sig. Nu var de to omgivet af vand, men det gjorde dem intet. De nød kun naturens kasten med kræfter, fordi det mindede dem om hvordan verden virkelig eksisterer, og om hvordan noget konstant leder dem gennem denne verden – hvilket tvinger mennesket til mere eller mindre at følge ordre, og indrette sig. Regnen som silede oppefra, og landede i bitte små plask enten på dækket eller i hvælvet af bølger, huskede dem på at de var en del af en større, og en aldeles betydelig organisme.

Båden gyngede, og alt som stod på båden gyngede med. Han og hun gyngede med deres fødder, de lærte den konstante bevægelse i kroppen at kende, og accepterede livet på havet. For at integrere sig med denne anden del af verden, denne mere skvulpende del, lærte de at bevæge sig som den. Havet bølger, og står aldrig stille, bevæger sig som musik, ligeså måtte søskendeparret fornemme denne konstante bevægelse, og lade den indtage deres kroppe. Denne bevægelse som strømmede fra havet op gennem deres fødder, og spredte sig rundt i deres begges kroppe, kom tydeligst til udtryk i fødderne, som dansede hen ad dækket når bølgerne gik højt. Ikke kun var dette et forsøg på overlevelse, men på at forene sig med elementet de levede på – med - i. Bevægelsen spredte sig over sine nytilkomne, som var den en sygdom. Kun dette var en velsignelse, ja en ære at lære denne tilstand at kende. Det tog dage at få øje på det smukke i bevægelsen, men både han og hun gennemskuede logikken i kropstilstanden. Som dagene gik, glemte de det faste land, og blev som isolerede fra den definerede verden. Deres horisont forude for skibet, var alt hvad de ønskede at bestige. Verdenen med "dit og mit" og ejerskab var fortrængt, og de så nu kun sig selv som en del af en bevægelse. De var hverken hypnotiserede eller manipulerede, men blot betagede af meningen med havet. Når solen ramte havets overflade, lod de ankeret synke til bunds, og fandt for et øjeblik fred til at nyde hinanden. Verdenen de nu havde lagt bag sig var som glemt, og de to havde ved hjælp af hinanden, fundet balance. Balancen, som gav dem ro i sindet, og skabte klarhed i deres syn, fandt de i det ellers skvulpende, bølgende og bevægende hav.

KASTANJER

De hænger som bolde på grene. Inde i deres skal gror de sig blanke og flotte. De er usammenlignelige med hinanden, idet de hver især er unikke, ligesom al natur i verden. Ved første øjekast ligner de måske til forveksling hinanden, men ved nærmere iagttagelse, vil man opdage at de hver især overgår hinanden i skønhed.

Sommeren har været her, og luften har skiftet - nu er efteråret på vej. Jeg kan mærke den måde luften bliver indåndet igennem mine næseborde, at den har ændret sig. Den mærkes renere og friskere, som om den er blevet fornyet. Man siger foråret er den tid på året hvor alting fødes på ny, men måske er det en misforståelse. Måske har man misforstået hele konceptet ved fødsel. Hvis livet på Jorden, bare er en opvarmning til noget større, noget mere specielt, så vil døden i virkeligheden være livets største optur, og det absolutte klimaks. Hvis dette er tilfældet, kan det være at efteråret, er årets højdepunkt.

Når jeg går i skoven og ser på de røde og brune og gule blade, tilfredsstilles mine øjne, og jeg mindes om noget ægte skønt. Det fascinerer mig, hvordan bladene om foråret er grønne og unge, om sommeren fyldt med blomster og dufte, om efteråret smukkere end noget andet, med deres forskellige farver, omgivet af den friske rene luft. Så kommer vinteren, og her er bladene væk.

Hvis bare verden forstod mig. Tænk hvis jeg er den eneste det står klart for. Tænk hvis alle andre, handler i blinde og uvished, om hvilken intetsigende verden vi lever i. Nej, intetsigende er måske det forkerte ord at bruge, den er bare modsat af hvad alle andre går rundt og tror. Vi lever alle i forskellige - men ens - små bobler, som vi bilder os selv ind, skaber nok afstand fra hinanden, til at vi skiller os *ud* fra hinanden, men dette er ikke tilfældet. Det løser intet at tage afstand fra hinanden, det skaber ikke mere mangfoldighed, bare ensomhed.

Når jeg vågner, ligger jeg altid og gennemgår mine drømme - hvis jeg altså kan huske dem. I dag kan jeg godt. Jeg drømte jeg var låst fast i et stort fællesskab, sammen med en masse andre som mig. Vi var mange, og vi var alle lige afhængige af at blive givet slip på, og ventede bare på at blive løsnet op. Vi var uvisse om, hvad som ville ske med os, men vi vidste der måtte hænde noget stort. Det gjorde der også, for stille og roligt begyndte vi en efter en at falde ned. Det var et voldsomt og brutalt fald, men det var som om det var meningen. Som om det ikke gjorde noget, fordi det var hvad vi havde ventet på skulle ske. Vi havde alle været fanget i en tilstand svarende til et venteværelse, hvor man sidder og venter på at blive konsulteret og rådgivet om, hvad som vil gavne én, og hvilken retning man skal gå, for at komme længst muligt. Da jeg efter at have faldet i lang tid, endelig ramte jorden, var det som om en tyk skal brækkede af mig, og jeg løsnede mig fra noget som tidligere havde været beskyttende, men også holdt mig tilbage fra at udfolde mig. Som om et lag af uklarhed forsvandt, og jeg nu kunne tænke klart, og skinne som det var mig berettiget.

Verden forekommer mig så uoverskuelig. Jeg ser på mig selv, og føler mig som lig alle andre. Vi er alle ens, ingen specielle. Vi gør alle et forsøg på at skille os ud, men det er forgæves, for idet vi alle engagerer os i at skille os ud, har vi det til fælles, og så er vi igen i bund og grund ens. Hvis bare alting sprudlede - som fyrværkeri! Hvis bare verden var et sted med mangfoldighed og sjov, og uden regler som udelukkede den frie tanke, og muligheden for at udvikle os i hver vores retning. Måske ser vi - til dels - småforskellige ud, og måske gør vi konstant forsøg på at være anderledes og vilde, men gør vi det ikke i virkeligheden bare for at tilfredsstille vores samvittig-hed? Har vi ikke alle oprigtigt talt lyst til at skutte os som pingviner, udføre vores daglige strukturerede gøremål, gå trygt i seng, for så at drømme om faste trygge rammer, vågne op til

47

endnu en dag med rutine og forsøg på at leve op til andres og egne forventninger. Er mennesket virkelig så kedeligt, og lig hinanden?

Jeg ligger under min dyne, som er betrukket i hvidt betræk med mønster på. Mit søvndrukne blik strejfer vinduet for enden af min seng, og jeg lægger mærke til de høje træer, som – efter ordre fra vinden – står og svajer fra side til side. De bevæger sig flydende og roligt, som om de er bevidste om bevægelsen, helt ud til hver lille gren. Som om de danser i luften, med hinanden og vinden. De ligesom hypnotiserer mig, med deres salige svajen i vinden, og mine i forvejen trætte øjne, fanges af deres stammer, af deres grene, og af deres kviste og falmede blade. Jeg tænker på intet, mærker kun følelsen af at fordybe mig. Som om mine øjne finder hvile i et punkt. Som om fokus indskærpes og alt det overflødige i billedet sløres, så kun det som i dette øjeblik, for mig er værd at beskæftige mig med, de svajende og bevidste træer, tegner sig for mig. Mit faste blik, bliver som bundet op – som når et snørebånd løsnes – idet døren til mit soveværelse åbnes. Du holder døren på klem, smiler til mig, og tænder for radioen, for at vække mig til live fra drømmene. Træerne uden for mit vindue står stadig som før, og det slår mig om de dog aldrig bliver trætte af samme bevægelse rundt om samme akse? Hvor mon vinden stopper henne, hvilket træ på vindens vej, når akkurat ikke at smage på, og danse med vinden, hvem bliver snydt?

Mine tanker forstyrres af stemmerne i radioen; tænk at lade sig forstyrre af noget som ikke engang er til stede, ved dig. Hvis du opholder dig alene i et rum, kan kun omgivelserne udsætte dig for distraktion, men det er vel også værd at tage sig i agt for. Hvornår er man overhovedet alene?

Jeg kender ikke til min tilgang til verdenen som venter mig, den ser spændt på, mens den håber på at jeg vil gro og vokse mig smuk og stor og klog, så jeg kan tilføje noget ellers ikke set, hertil. Den vil have mig til at indordne mig et system, et samfund, leve efter andres normer, og placere mig selv i en af deres allerede tilrettelagte og definerede kategoriske bokse. De bliver utrygge ved tanken om uforklarlige fænomener, og jeg minder dem – ved ikke at udvikle samme tanker som resten af den forudbestemte verden – om faren ved det sande, nemlig nuet. Det uigennemskuelige nu, som aldrig vil være et nu når man taler om det. Ikke det nu, som oprindeligt er. Ingen nu'er er vel forkerte, for hvis verden består af nu'er, udvikler den sig måske netop derfor.

Det er som om at jeg gennem mine ruder mærker vinden ruske mig frem og tilbage. Den selv samme vind som skaber bevægelse i træerne med kastanjer på grenene, rusker rundt i mit hoved, og skaber kaos i mit sind. På den anden side af mit vindue forårsager den ynde i min udsigt, hjælper kastanjerne til at finde deres vej mod jorden, så de med en ro kan forplante sig, og slå rødder, og ligesom deres forfædre har gjort det, kan vokse sig store og bidrage til min udsigt.

Blæsten hjælper ikke mig til at gro rødder, men vælter mig kun rundt i mine egne fjollede tanker, og forøger kaosset i mig. Mine tanker vokser som grådige tyggegummibobler, overlapper hinanden, og samarbejder ikke, så jeg umuligt kan lytte efter nogen af dem. Vil jeg dog nogensinde finde ro, gro rødder, og vil mine tanker nogensinde fungere som organisme med en rød tråd.

En vrede vækkes imens jeg ligger under den hvide dyne. Jeg er frustreret over min krops inhabilitet til at udrette noget konstruktivt, og kan nu hverken bestemme mig for at blive liggende med blikket rettet mod træerne i bevægelse, uden for mit vindue, eller i oprør vende mig om på siden, fordi blæsten nu forekommer mig så fjendsk. Jeg er som låst fast, og mine tanker går i kramper. Jeg vender og drejer mig ubeslutsomt i sengen, kan ikke blive enig med mig selv, om blæsten og kastanjetræerne fortjener min opmærksomhed. Hvad skal jeg gøre, hvor skal jeg finde svar? Hvis blæsten dog bare ville blæse noget beslutsomhed med sig, ind gennem vinduet, ind i mit splittede hoved. Så ville alle de uenige tanker blive blæst omkuld, vælte sammen, og ufrivilligt blande sig med hinanden. Herefter ville de måtte genopstå, forenede og med et indblik i hinanden. Herudfra ville jeg kunne rette mig efter den af tankerne, som indeholdt mest af hver tanke – gennemsnittet om man vil – og til sidst ende op med en overvejet handling, som der var enighed fra mit hoved af.

Mit frustrerede blik strejfer rodet som fylder mit ellers smukt lakerede gulv. Der ligger min taske, og i tasken ligger endnu mere rod. Jeg bliver trist ved ordet jeg pålægger min taske, for er den ikke et referat af mit liv? Vi bærer konstant rundt på en lille – men vigtig – del af vores liv, i de tasker vi bærer. Vi går rundt blandt hinanden, med vores fortid, forhåbninger og planer om fremtid, og nutid i bagagen. I en vis forstand, har tasken samme funktion, som erindringerne og erfaringerne. Den er en repræsentant for den del af vores liv, som har spillet en rolle, og som er så vigtig, at vi ikke kan undvære den i de senere sekunder – minutter – timer - år. På samme måde som vi hele tiden bruger dele af vores fortid til at skabe en fremtid, med andre ord tager et skridt tilbage, og to eller tre frem, har vi brug for noget af det vi allerede har udrettet, været igennem, til at udrette nyt. Livet er en helhed, og man vil aldrig kunne koble sig fuldstændig fra alt man har erfaret, fordi ellers ville det ikke være livet.

Denne efterårsmorgen bærer præg af desorientering, og jeg er utilfreds derved. Jeg skaber selv mit liv, ligeledes bestemmer jeg selv om jeg vil tage beslutninger eller ej. Jeg tager en beslutning, jeg rejser mig fra min seng. Jeg går over til vinduet, åbner det, og lader efterårsblæsten fare ind. Med sig bringer den en kraft, og luften samler i et nu mine tanker. Nede foran kastanjetræet løsner kastanjerne sig, og falder beslutsomt mod jorden i dynger. Med tiden vil de modnes og slå rod, og senere gro en massiv sikker stamme, hvorpå grene vil vokse, og lade nye kastanjer falde.

FLAMMEN

Det er som om det brænder, brænder indeni. Indersiden af min krop, føles som når afkølet og forfrossen hud, pludseligt bliver opvarmet. Det er en blanding af godt og dårligt, og selvom jeg ved kulden var fæl ved mig, er varmen som nu indtager min krop, stikkende og ubehagelig.

Jeg ser flammerne æde min verden, verdenen jeg så længe har fundet tryghed i. Her hvor jeg har investeret tid og omsorg i – forsvinder. Hvor bliver det af, alt det som har været, hvor forsvinder det hen, og hvad skal jeg gøre uden det alt sammen, dem alle sammen. Når jeg bliver alene vil jeg ikke have nogen at beskytte, ingen at få mod fra. Se hvor det brænder, det hele. Flammen varmer, og vokser sig stor og stærk og uovervindelig, den vokser sig høj, højere end jeg nogensinde havde troet de kunne blive. Som den dog japper sig frem, ilden, hensynsløst sluger mit – snart forhenværende – liv, lader som om jeg aldrig har eksisteret, som om ingen lægger mærke til min pludselige forsvinden.

Jeg kan kun sidde, mine ben er bøjede, og mine arme holder jeg rundt om dem, og leger de beskytter mig. Leger hårene på mine arme vil rejse sig, frakoble sig mine arme, og live op som små soldater. Jeg håber de er mere modige end jeg selv, at de vil bekæmpe flammen med deres vilje. Når jeg føler jeg er ved at drukne, når verden bøjer sig ind over mig, og viser sin sande størrelse og truende side, skrumper jeg, vender hovedet ned i gulvet, og forestiller mig at det uforudsigelige sker. At selv det mindste og svageste væsen – mod al forventning – rejser sig, og kæmper. Den del af mig selv, som slet ingen chance i virkeligheden ville have for at bekæmpe noget, som hårene på mine arme, rejser sig og beviser at alt kan ske. Denne fantasi hjælper mig i svære stunder, til at tro at jeg selv – ét af verdens armhår – kan bekæmpe problemer. De dukker ind imellem op, disse små tændstiklignende mænd. Som regel er de udstyret med endnu mindre skjold og sværd, i dette tilfælde ville de nok i stedet bære vandslanger.

Som når en bølge i havet tager tilløb for at vokse sig stor nok til at oversvømme, vokser flammen. Grådigt spiser den af mine ejendele, alt opsluges af monsteret som nærmer sig. Den æder gulvtæppet og plankerne under det. Jeg kan ikke se gulvet for bare ild, og kan heller ikke gennemskue om det overhovedet eksisterer længere, eller om det nu kun er aske som ligger i lag, tømt for substans. I starten var flammen usikker, den som sneg sig ind på mig, turde ikke stå frem. Nu har den set mig an, og indtaget tilpas mange af mine møbler til at den kan overkomme mig. Jeg føler mig som en mus, som bliver set an af en slange. Slangen lægger sig foran musen, og bedømmer om den kan kapere dens størrelse. Måske med musen, udfordrer den, og lader den i den tro, at det lille væsen har en chance for overlevelse. Slangen ved fra begyndelsen at den med et hug kan ende musens liv og overmande musen så let som ingenting. Jeg ved ikke om flammen er slangen, og musen mig, men sådan har jeg det lidt. Flammen er en trussel mod mit liv, og min fjende, men jeg burde ikke se vredt ind i ilden, den forsøger jo bare at holde liv i sig selv, forsøger bare at overleve. Jeg – sammen med resten af mine ejendele – er dens føde, og uden os vil den dø hen og slukke. På sammen måde som slangen er afhængig af musen, er flammen afhængig af min hengivenhed. Idet jeg ikke frivilligt donerer mit liv til flammen, men bliver noget nær overfaldet af den, betragter jeg den som ond. Som et ondt monster, som spyer røg og fare ud. Måske er flammen slet ikke ond, måske den helst vil have mig til frivilligt at ofre mig selv, og ikke jage mig og sætte mig i offerrollen. Men ligegyldigt om det røde slør af varme og røg, har udset mig som fjende eller føde, vil den skade og tilintetgøre mig. Jeg overvejer hvilken del af min krop jeg skal gøre mest for at skåne. Mit hår brænder hurtigt, og vil nok være umuligt at bevare – ja måske vil det endda gå i flammen som det første. Mine fingre vil være makabre at finde, liggende alene i asken, og hvordan skulle jeg dog også tvinge flammen til at høre op, så snart den nåede til dem. Det ville være naivt at tro, at den ville indgå sådan en fjollet aftale, den vil ose sin varme endnu stærkere mod mit ansigt, og finde det tåbeligt at skåne ti små fingre. Den ville le højt til mit ansigt, håne mig for min naivitet. Mine tæer er nok samme historie, det ville ligeledes være uappetitligt at finde ti korte tæer, hvide og døde, ligge aldeles malplaceret i asken. Hvad ville folk dog skulle stille op med ti døde og tilrøgede tæer? Det fornuftigste vil nok være at lade mig brænde helt op, så har alle mine kropsdele fået samme behandling, og vi kan alle gå i jorden sammen.

Den sædvanlige støj i mit hoved, omdannes til ild. Jeg brænder indeni. Vil flammen nogensinde slukke, eller er dette mit fremtidige permanente sind? Varmen som har indtaget mig, kredser rundt i mig, om mig, på mig. Når flammerne når til min krop, vil min hud blive forvirret. Den vil undre sig over den enorme omvæltning den indgår, og føle jeg skader og svigter den. Jeg ønsker ikke min krop nogen skade, den har ikke andet end støttet mig igennem livet. Hvor er det synd, denne tvivl på samarbejdet som i vores sidste tid sammen er vokset frem. Ilden omkring mig har som brændt båndet af troskab mellem min krop og mit sind. Flammernes flagren lyder højt, højere end jeg nogensinde havde troet ild ville kunne lyde. Jer ser ind i ilden, dybt ind i den, og fornemmer den. Den er kraftig og stærk, og den bevæger sig hidsigt fremad. Ovre i hjørnet af rummet, har en lille glød sat gang i et mindre bål, hvis flammer bevæger sig aldeles roligt. Den ligesom brander i bølger, og forsøger ikke at vokse sig stor og truende som den anden flamme. Måske er det endda ikke med dens gode vilje, at den brænder her hos mig. Måske ved den at jeg frygter ilden, og holder sig netop tilbage, for at skåne mig?

Min frygt for flammen vokser i takt med størrelse, og jeg ser ingen anden udvej end at lade den vinde. Ikke at jeg kan påstå at have kæmpet nogen særlig solidarisk kamp mod flammen, så jeg ved ikke hvordan jeg overhovedet skulle ende med en sejr. Men kan jeg tillade mig det? At lade min stakkels krop i stikken, de små standhaftige soldater på mine arme, min hud, mit hår – kan jeg stå til ansvar for alle disse liv? Jeg må finde mod. Mod nok til at redde os alle, til at lade os leve, og til at bevare vores fælles bånd til hinanden. Hvis flammen får fat i os vil vi brænde, og vi vil blive skilt og sorteret, som når skrald sorteres. Ånden vil ikke længere være i stand til at holde os sammen, og uden hinanden er ingen af os i live.

Energien i flammen er total, som om den er ophidset og kompromisløs, som om den vil spise mig og min energi, og - som når jeg indtager mad – blive endnu farligere. Den besidder ikke samvittighed, og vil ikke tage sig af mit ønske om at lade mig bevare mit liv. Jeg kunne synge for den, eller kaste brænde i den, den vil stadig grådigt opsluge mig, og aldrig blive mæt, kun større og mere sulten.

Jeg kan ikke lade den tage mig, ikke uden kamp. Jeg må forsøge at redde mig selv og min krop, og trodse den stærke flamme. Nu har jeg besluttet mig, jeg må væk fra flammen som har omringet mig. Hvis jeg rejser mig op fra min sammenkrøbne stilling, vil flammen have lettere ved at nå mig, så jeg må være hurtig. Jeg rejser mig i en glidende bevægelse, og smyger mig – som en elegant kat når den lander på jorden efter et spring – ud af cirklen, ind mod ilden.

Jeg er i ilden, og sekundet føles som en evighed. Alt går i stå, og mine sanser er åbne for indtryk. Jeg mærker alt. Mærker flammens varme mod min hud, mærker dens varme som råber af glæde, over at have overtalt mig til en forenelse. Mit øre hører ikke flammens ellers høje skrig, det lukker den ude, og nægter at modtage dens indtrængen. Jeg glemmer planen jeg ellers har lagt, om at fare videre ud gennem flammen, og kun løbe igennem flammen som en passage til livet. Pludselig nyder jeg flammen, mine tanker forandrer sig herinde. Før jeg mærkede den mod mig, var den forfærdelig. Nu kan jeg ikke skille mig fra den, den er mit lys. Jeg bliver som vækket, og vil ikke tilbage til den sædvanlige luft. Min krop er uenig, og finder ikke samme lykke herinde som mit sind. De små soldater på mine arme brænder, mit hår brænder, min hud brænder, mit ansigt brænder, men mit sind nyder det. Alle de fysiske dele af mig kalder på mig og bønfalder mig om at redde dem. Jeg kan ikke, jeg er i trance, og jeg føler mig fortryllet, forført, og ude af stand til at handle, ude af stand til at mærke virkeligheden, og ude af stand til at lytte til min krop. Jeg ved ikke om jeg dør hvis jeg bliver her, måske? Min krop ville dø og brænde op, men hvad hvis mit sind kunne reddes, og leve videre i flammen? Kan jeg begå en sådan egoistisk handling, og til fordel for nydelsen ved denne tilstand, kassere og fraprioritere min ellers tro krop. Hvem bestemmer overhovedet over os alle, det fysiske eller det psykiske?

Jeg må leve, leve videre som tilfreds, jeg må leve i flammen. Jeg bestemmer, jeg sender enten signalerne til kroppen om handling, eller ikke. Ikke. Jeg skal være lykkelig, og jeg ved nu at jeg kun kan opnå optimal lykke, ved at leve her. Min krop sukker, den er trist over tabet. Nu skilles vi, jeg mærker den forlade mig. Før var vi fjender, om lidt er vi én. Ilden spiser kroppen, og jeg vokser ind i flammen.

NÅR SNEEN BLIVER GRÅ

Jeg går med hagen en smule i sky, og benytter alle mine sanser, til at sluge alle de indtryk jeg er i stand til at indtage. Mine øjne flakker, min mund står lidt på klem, og mine øre er yderst opmærksomme på, om der skulle nærme sig noget uventet. Jeg hører intet uventet, kun den sædvanlige støj fra de befærdede gader. Hvis bilerne, som i farten suser forbi, ville, kunne de destruere mig på et split sekund. De kunne køre hårdt og hurtigt imod mig, og jeg ville – forsvarsløst – ligge under for deres kraft. Men det gør de ikke. De ødelægger ikke mig, og jeg ødelægger ikke dem. Vi fungerer, trods vores forskellighed, sammen på de smalle gader, og ingen kommer til skade. Jeg går, føler med mine trædepuder, på jorden jeg betræder. Hver gang mit ene ben bevæger sig foran mit andet ben, følger min krop med som befalet. Duftene som hænger ved i luften, efter en madbutiks dør er blevet åbnet, kalder sulten frem i min tomme mave.

Jeg kan mærke, med mine sanser, når forbipasserende mennesker på gaden betragter mig. De ved det ikke, men det kan jeg. De tror, at jeg lever bag lukkede døre, i en isoleret og uvidende verden, men jeg lever blandt – og med dem. De undervurderer mig, men det gør ikke noget, for så kan jeg – mod deres forventning – imponere dem alle. Det er synd, når naivitet og uvidenhed, beskylder vidende for samme. Det resulterer i uretmæssig undervurderen, og det er misforstået og forkert at tænke lavt om ukendte sjæle; fordomme kan være farlige og skadelige.

Jeg mærker en skikkelse foran mig. Jeg tror det er hende, men problemet er, at jeg aldrig – før at have hørt vedkommendes stemme – med sikkerhed kan vide, hvem som foran mig står. Hvis en person jeg kender rigtig godt, står foran mig, kan jeg i mange tilfælde fornemme på deres tilstedeværelse, hvem det er. Jeg hører et åndedræt, som om hun har løbet. Hun vakler lidt, kan jeg fornemme på luftens vibrationer, hvilket bekræfter min teori om, at hun er forpustet, efter at have løbet. Mine tåspidser er våde og kolde, ligeså er mine fingre. Jeg ser for mig, hvordan mine tæer er kilden og rødderne til resten af min krops temperatur; hvordan varmen – eller i dette tilfælde kulden – løber i baner gennem kroppen, fra tæer, op til lår, til mave, op til armhuler, ud til håndled, og så ud til fingrespidserne. Kredsløbet suser ligeledes op igennem brystet, op ad hals- og nakkeparti, og op til hovedskallen, hvor det roterer rundt, og skaber et indre fyrværkeri – som det helt store klimaks.

Hun fortæller mig, at hun lige akkurat kom i tide, og at hun – uden at have løbet så hurtigt som hendes ben kunne bevæge sig, de sidste to blokke – var kommet for sent. Hun ved jeg bliver gal af at vente, og jeg finder det betænksomt af hende, at tage hensyn til min utålmodighed. Ikke alle jeg kender, udviser lige så meget respekt som hende. Hun ved at jeg er temperamentsfuld, og at jeg nok problemer finder i min hverdag, uden medmenneskers dissiderede svigt. Hun aer mig i håret, og komplimenterer mit udseende. Det rører mig ikke synderligt, da jeg ikke selv nyder glæde af det. Det seneste billede jeg erindrer af mit udseende, er en yngre pige med mørkt groft hår, langt og tykt, omringet af et mørkeblåt uldtæppe. Det varmede mit hoved og mine ører, så kun mine kinder og næse var ladt tilbage i kulden. Mine kinder husker jeg som røde og runde, og mine øjne som store og mørke. Jeg var fokuseret i mit blik, og holdte med øjnene, modparten grebet fast med en kompromisløs kontakt. Når jeg undlod at holde en øjenkontakt, var det et bevidst valg, og mit blik var i stedet rettet enten op i vejret, ned i jorden, eller ud i luften, men altid konsekvent, og altid tilvalgt. Jeg bildte alle ind, at det var af foragt, eller andet, men i virkeligheden var det af frygt. Af frygt for at noget skadende skulle finde vej til mig, gennem mine øjne. Mit blik fungerede som et forsvar, som et stærkt våben, som jeg narrede andre – fjender som venner – til at tro, at jeg var den stærkeste, og at intet kunne trænge igennem. Måske var det mit mod som var ødelagt, jeg turde ikke risikere, tabet ved at lukke potentielle kilder til sorg ind. Mine øjne var som en uigennemtrængelig bymur, som uden at blive åbnet, ikke afslører hvordan byen er i stand, hvilke mennesker den indeholder, hvor meget skrald som flyder rundt i gaderne, hvor glade borgerne er.

Nu har mine bymure, ufrivilligt, åbnet sig, og jeg står uden skjold, uden forsvar, og har indtaget den rolle det forventedes af mig at indtage, offeret, som hjælpeløst og afhængigt af sin tillid og tro på det gode i sine medmennesker, må leve livet uden visionære indtryk, kun lyde, kun lugte, kun føle. Folk kan ikke længere se, det blik jeg lod min vrede og frygt komme til udtryk gennem. For dem er jeg nu blot målløs, forfrossen og i mange sammenhænge ubrugelig, og forventes sandsynligvis ikke levende, meget længere end nogle år endnu.

Jeg kan mærke sneen falde, våd og uundgåelig. Det er sjovt, at jeg altid – fordi snefnuggene er store – tror og håber på, at jeg, hvis jeg smyger mig igennem luften, kan undgå dem. Men de falder over det hele, og det vil de altid gøre. Det ville være at opleve det umulige, for det ville trodse naturens og fysikkens love. Som at blive kureret for noget uhelbredeligt.

70

Hun må kunne se at jeg fryser, for hun rusker og mine arme, for at give mig noget varme. Når jeg mærker efter med fladen af min forfrosne hånd, mærker jeg min næse, som hvis man ikke vidste bedre, kunne blive forvekslet med en istap. Nedenunder er snotten, som er løbet ud fra mine næsebor, tilfrosset, og noget som minder om rim, sidder som murstenspuds under min næse. Vintrene her er kolde, denne særdeles kold, og jeg skal være taknemmelig for, hvis jeg når til foråret.

Hun tager mig under armen, og vi går i raskt tempo. Jeg prøver at vænne mig selv til, ikke altid at tvivle på andre – erkende, at jeg skal leve et liv, ført an af andre. Dermed må jeg give slip på styringen af den del, hvis ansvar jeg nu har været tvunget til at give videre. Min tvivl på andre, viser sig i måden jeg misser med øjnene. Jeg kan mærke dem være urolige, som om de prøver at forudse et angreb, en lygtepæl, et sammenstød, men intet vil det hjælpe, for de er ude af stand til at gøre nogen nytte.

Hun må med jævne mellemrum se ind i mit ansigt, for engang imellem stryger hun, med sin kolde, halvt klædt i vante, så kun fingrene er bare, hånd over mine missende øjne, for at overbevise dem om, at alt er okay, og at de skal slappe af. Det beroliger dem for en kort stund, men de må glemme hurtigt, for før jeg selv lægger mærke til det, misser de igen uroligt og søgende. Mine fødder sjosker i tøsneen, jeg forestiller mig nu må være grå, og jeg kan ikke længere mærke hvornår jeg træder ned i noget vådt, fordi mine fødder i forvejen er gennemblødte af den sjaskede, forurenede sne. Det eneste som fortæller mig at jeg jokker i noget vådt, er lyden det giver, når min fod pjasker ned i en sne-pyt. Det må fare op, som et springvand, når min fod træder ned i vandet, og skaber bølger i det grødede vand, for vi går stærkt, så stærkt, så mine lægge kramper sig en smule. Jeg ved ikke om vi skal nå noget vigtigt, eller om det er fordi hun er meget sulten, eller om hun ved at jeg er meget sulten, at vi går så stærkt. Hun spørger stakåndet ind til nogle ting, spørger mig om jeg får noget at spise, og om jeg klarer mig i kulden. Jeg gider ikke bruge energi på at svare på noget, hvis ikke jeg klarede mig, havde jeg jo ikke været i stand til at møde hende i dag. Desuden er min mund forfrossen, og jeg besidder ikke overskuddet, til at berette om min tilstand, blandt andet fordi jeg ved, at mit svar kun vil bekræfte og skabe vækst i de bekymringer hun har haft om mig. Hun selv har ikke midlerne til at forsørge mig, og jeg ville aldrig gå med til at være nogen yderligere belastning, jeg føler jeg bidrager tilstrækkeligt i forvejen.

Jeg forestiller mig, hvordan vi bidrager til byens liv. Hvordan vores, tilsammen fire bens raske bevægelser, for stillestående mennesker, må se heftigt ud. Jeg kan mærke på mig selv, at jeg skal være modig, for at gå så stærkt. Jeg kan ikke forsvare mig, hvis et barn spænder ben for mig, eller råbe direkte tilbage til folk som måtte råbe skældsord efter mig. Jeg ville ikke kunne sende dem mit kolde og bebrejdende blik, kun forvirret vende mit tildækkede hoved frem og tilbage, søgende efter den råbende.

Uretmæssig ynkelighed. Min styrke, flået fra mig, som havde jeg snydt mig til den. Hvad bilder verden sig dog ind, sådan at lade en uskyldig – i forvejen udsat – person, bøde for tragedier.

Folk omtaler mig bag min ryg som bitter, og jeg hører i deres stemmer når de taler til mig, være trætte af min vrede og mangel på overskud. Verden behandler mig hårdt, her er spidse hjørner over det hele, parate til at rive mig Her er dybe huller, som kun venter på jeg træder forkert, så de kan lade mig falde. Falde og falde, til jeg ligger krympet sammen, hjælpeløs og opgivende. Når jeg ligger her, på bunden af et dybt hul, som strengheden i Rusland sammen har gravet, vil folk som ellers har gjort et forsøg på at nå ind til mig, udvist omsorg og forståelse, men hvis jeg standhaftigt og vredt har ladet pile ned af min overflade, enten stå oppe ved hullets udgang, og betragte mig, som alene - og nu endnu koldere end jeg før har været - ligger sammenkrympet, eller også vil de slet ikke lægge mærke til hullet i jorden, de vil med stressede øjne, traske videre rundt i kulden og den sjappede sne, og hverken lægge mærke til manglen på fortov, der pludselig er opstået, eller manglen på mig.

Det er ikke fordi jeg ikke kan elske, det kan jeg godt. Det håber jeg da i hvert fald, for hvilket menneske, er et menneske, uden et være i stand til at elske. Hvornår bekæmper kærlighed frygt? Er det når den bliver tilpas stærk, den kan slå frygten ud? Men kærligheden har vel ikke mulighed for at vokse sig så almægtig og uovervindelig, hvis ikke modet er med den, hvilket den jo ikke er, før frygten er i undertal.

Mit hoved indtages af disse overvejelser om kærlighed og dets styrke og eksistens, og jeg opfatter ikke, når vi drejer om hjørner, venter på huller i trafikken, så vi sikkert kan gå over, eller når mine fødder træder ned i noget vådt. Først nu, da mit ben bedes træde ned ad det ene trappetrin efter det andet, og vi entrerer et rum, med utrolig varme, vækkes min bevidsthed. Måske er rummet ikke så varmt, som jeg tror, men min krop er kold som is, og mit blod føles som det søvand, som er fanget – eller beskyttet – under den isede overflade, søerne bliver dækket af i frostvejr, så rummet kan, hvis det vil, narre mig til at være en svedhytte.

Hun begynder at vikle mig fri fra min hoved beklædning, så sjalet på mine skuldre, og så tager hun fat i kraven på min frakke, som tegn til at jeg skal lade mine arme vende bag mig,

74

og hun har mulighed for at afklæde mig mit overtøj. I stedet for at bekræfte hende i hendes, til dels venlighed, til dels forventning om min hjælpeløshed, drejer jeg min krop rundt, så min front vender mod hendes, og for første gang, er det mig som viser hende omsorg. Jeg skutter hende om hendes arme, som hun så mange gange har gjort ved mig, trækker i mundvigene, sådan som jeg plejede at gøre, når jeg smilte, og tog så min egen frakke af. Jeg kunne mærke luften ændre harmoni, og mærke hendes generthed, idet jeg tog initiativet. Jeg forestiller mig hende, se ned i jorden, smilende og svagt rødmende, som om en mand havde givet hende et kompliment. Intet er fra min side vidst, alt gætterier og formodninger, for jeg må kun mærke luften, og tage af indtryk, hvad jeg kan få.

Rummets temperatur siver ind i min krop, og jeg indtages af varmen. Jeg drejer mit hoved rundt, i håbet om at opfange flere indtryk af dette sted. En nysgerrighed vækkes i mig, en følelse, som jeg ikke har mærket i lang tid. Den pludselige lyst til verden, og håbet, og den svage tro på, at det gode vil nå ind til mig, skaber forvirring i mit sind. Kan jeg overhovedet tillade mig selv, at føle mig – glad? Når jeg hører tankerne – som en stemme – højt inde i mit hoved, undrer jeg mig over, om man må stille spørgsmålstegn ved følelser. Følelser er det i sjælen, som er det egentligt ærlige, og som det ærlige, er det vel berettiget at komme til udtryk, og ikke undertrykkes af følelsen af mindreværd. Bitterheden i mig, bliver som udlignet her. Isen

75

som så længe har fyldt i mit indre, vokset og forstenet mit sind, smelter, og varmen udløses. Mine lemmer bliver fleksible, og mit hjerte slapper af. Hele min kolde krop sukker, og jeg dvæler samvittighedsfyldt.

EN KÆRLIGHEDSHISTORIE

Jeg drømte at vi løb. Var unge, og løb så hurtigt vi kunne, igennem en stor og kaotisk skov. Atmosfæren var grøn-blå, det samme var grantræerne omkring os. Vi løb op og ned ad stejle kløfter, og på trods af, at skoven vi befandt os i, ikke var særligt stor, var vi som fanget i en labyrint. Vores tanker var desorienterede og usammenhængende; vi var ikke uvenner, men heller ikke venner. Du bar et gevær, og jeg var bange for at du ved en fejltagelse ville affyre et skud. Jeg tror vi jagtede grise, men jeg er ikke sikker. Pludselig nåede vi til en åbenlys jordtrampet plads, stadig omringet af grantræer. Midt på pladsen stod en kirke – den forekom os mystisk. Vi var ikke bange, men uoplyste. Ud fra kirken kom en præst, han bød os indenfor til mad. Vi takkede mistroisk ja, men undlod alligevel at følge med ham. Så blev vi bange for, at han, når han opdagede at vi var flygtet, ville forfølge os, og vi løb. Vi løb igen, så hurtigt vi kunne, og så vågnede jeg.

Hvad tror du den betyder, min drøm?

Du svarer ikke, men sidder tavst og er – udadtil – ligeglad, men jeg ved du tænker på, hvad jeg lige har fortalt dig.

Jeg har lyst til at gå ud og spise, har du ikke også det? Så kan vi løsne vores hår, og lade det flagre i blæsten. Vi kunne tage en paraply med os, hvis nu det begynder at regne; og hvis det aldrig begynder at regne, så kan vi bare bruge den som stok og lege vi lever for hundrede år siden. Dengang var det mere udbredt at bruge stok, dengang var det ikke kun gamle mennesker som benyttede sig af dem. Jeg kan slet ikke huske sidste gang, jeg så en gå med stok, kan du?

Du bad mig vrissent om at stoppe min pludren og beskyldte mig for at fylde luften og verden med fyldord. Ord, som kun blev udtalt for at udfylde den tomme luft mellem os. Jeg vidste du foragtede mennesker som ikke er i stand til at tie, og udelukkende lader ordene strømme ud af munden, for at have noget at beskæftige sig med. Du sendte mig dine fordømmende øjne, og jeg vendte mit – nu bedrøvede – blik, ned. Nogle gange betragtede du mig, som en hån mod menneskeheden, og – som du ellers så håbefuldt prøver at benægte - som en bekræftelse på, at mennesket er overfladisk.

Nu er det din tur til at være sød ved mig, så jeg forbliver stille, og rækker ud efter avisen. Jeg bladrer om på tv-programmerne i fjernsynet - kolonne efter kolonne, og jeg får et overblik over,

82

hvad de inde i fjernsynet sender, i løbet af hele dagen. Jeg skimmer mig igennem oversigten over de kanaler jeg plejer at bruge min tid på, men finder intet tilfredsstillende. Dig derimod, dig ville jeg gerne bruge al min tid på.

Du rækker ud efter kaffekanden, og begynder, idet du løfter kanden, at beklage dig over manglen på kaffe i kanden. I det samme begynder du at nyse, og beklager dig nu endnu mere, som om din tilværelse er intet mindre end forfærdelig. Som om du glemmer, at du har mig. Du glemmer den lykke, vi – hvis vi har lyst – kan skabe, og den glæde vi sammen kan stå inde for. I stedet opfører du dig tvært, og lader negative tanker præge vores ellers potentielt lykkelige morgen. Idet du rejser dig op, binder dit morgenkåbebælte ekstra stramt og griber fat i den tomme kaffekande for at fylde den, træder jeg småbesværet op fra stolen, og tager den ud af din hånd. Så kysser jeg dig på panden og stryger dit hår. Dit ansigtsudtryk ændrer sig ikke synderligt, og dog trækker du dine mundvige forbavset ned, ser på mig med dine morgenøjne, og ser så igen ned i avisen. Du er en mand af få ord, men med mange ansigtsudtryk. Udadtil ser det måske ud som om du ikke elsker mig, men det ved jeg du gør. Du elsker mig højt og inderligt, men giver sjældent tydeligt udtryk for det. Nogen ville måske ikke kunne leve med det/så få bekræftelser, men jeg kan, for jeg ved at når det kommer, så er de værd at tage alvorligt og værdsætte, disse få – men sande – kærlighedserklæringer. Dem slubrer jeg, når de kommer, til mig, og nærer mig med dem, som om de var mit brød/som var de mit daglige brød.

Når jeg tavs står ved køkkenbordet, foran vinduet med udsigt over vores have og hælder kaffepulver i et gulnet filter, ser jeg udover haven. Om sommeren vokser der blomster: stokroser, guldregn, rododendron, og i sprækkerne mellem terrasse-fliserne, mælkebøtter. Nu er luften kold og blæsende, og den gør havens udtryk råt og goldt. Himlen over os er grå, og en morgentåge har lagt sig over jordoverfladen. Tågen får haven til at se mystisk og uigennemskuelig ud, som om den forsøger at narre mig til, at den er i stand til at sluge alt den lyster. Som om, den er et levende væsen, som vil overtage den kolde jord, og alt som gror her. Jeg får lyst til at boltre mig i den, lade den gribe og opsluge mig.

Træerne i haven er middelhøje og nøgne for liv, og står – som forladt af deres ydre lemmer, bladene – alene tilbage, og fungerer for mig, som en slags målestok i luften. De hjælper mig til at huske på, hvor højt op til himlen der er, og hvor fysisk lille jeg dog er. Jeg tænker træerne som nogle rare, rolige og pålidelige eksistenser. De vil mig det aldrig ondt, og deres passive tilgang til alt omkring dem, skaber et fundament og et grundlag, og gør at der – i denne kaotiske verden – er plads til piblende og ihærdige fænomener.

Jeg nyder at beskue haven, og dens hård- og koldhed tiltaler mig. Ærligheden i det kolde er tydelig, ligeså ser jeg ærligheden i træerne stå tydeligt frem, når de står der, afklædte og udsatte. Haven minder mig, på denne vintermorgen, om drømmen jeg drømte.

Du rejser dig fra bordet, og ser dig forvirret omkring. Jeg kan se i dine øjne, at du intet genkender. Dine hænder folder du bag din ryg, og din gang er ustabil, hvilket giver mig lyst til at gribe fat om dig, knuge din skrøbelige krop mod min og fortælle dig om lykken og kærligheden. Fortælle dig om, hvordan du ikke må være ked af det, eller være sur, eller føle dig ensom, fordi hvor end dine tanker forvilder sig hen og lader dit legeme stå alene, lige meget hvor lidt du forstår af livet, du, der har så mange års erfaring, har haft, vil jeg holde om dig, gøre dig tryg, give dig kærlighed og ærlighed. Du vender din høje krop mod havedøren, og bevæger dine vaklende ben, i langsomme skridt, mod udsigten.

Jeg kan se tilfredsheden i din mimik, i dine øjnes smil, når de ser haven. Jeg siger ud imod køkkenvinduet at kaffen snart er færdig, og forventer ingen reaktion. Du drejer langsomt dit hoved, og smiler med hele dit ansigt, venligt til mig. Alle dine ansigtsmuskler undergår en forvandling, og du er som trukket tilbage til bevidstheden og nutiden. Dine læber er med årene blevet mindre, dit skæg pryder stadig din hage, dine rynker er mange og dybe, og dine øjne har taget form efter tyngdekraften, men når du smiler, ligner du dig selv, og ser lige levende ud, som du gjorde det, da du var soldat, i dine unge dage. Hver gang du smiler, minder du mig om hvordan forelskelse føles, jeg genoplever glemte følelserne, som for alvor var i stand til at ruske mig indefra og ud, lade mit hjerte banke i takt med en galophests galoperen. Jeg bliver bekræftet i mit valg af livspartner, og føler mig aldeles beæret, over at have tilbragt et liv, med dig. Jeg har altid prøvet at ignorere tanken om, hvem som mon har elsket hinanden højest: dig, mig, eller mig, dig. Jeg mærker en følelse af forargelse, over at opstille vores livslange kærlighedsforhold på en sådan kynisk måde, for er det ikke at nedværdige noget ellers smukt og skønt? Måske har du elsket mig højere end jeg har elsket dig, og måske har jeg elsket dig højere, end du har elsket mig, men så har det været forholdet, og selve forholdet, vil jeg sige, ligeså har været værd at elske. Jeg har måske – ubevidst - elsket, at du har elsket mig mindre, end jeg har elsket dig.

Du åbner døren, ud til haven, og træder – kun iført din stribede morgenkåbe, og udslidte sutsko – ud i vinteren. Blæsten leger med dig, og får dig til at vakle lidt. Dine øjne misser, og jeg kan se at du nyder det, at du sætter pris på vejret, sætter pris på haven, på mig, på kaffen og på livet. Det har hele livet handlet om så meget fyld, og vores tilværelse har i perioder været mere præget af problemer end glæde. Vi har glemt vores ærlige og oprigtige kærlighed til hinanden, hvilken skam. Men lige nu husker vi det, vi husker at det hele handler om en balance, om kærlighed til hinanden, glæde og lykke i stride strømme, det er hvad vores liv handler om, lige nu. Hvad vil der ske, når du en dag ikke husker mig længere. Den dag, min kærlighed til dig, står alene, og må udgøre kærligheden fra og til os begge. Indtil den dag kommer, vil jeg nyde den kærlighed du giver mig, med et enkelt blik.

Hvor mon al den kærlighed, som i løbet af livet er blevet skabt, forsvinder hen, når den glemmes? Holdes den kun i live, af de eksistenser som har stået ved hver deres ende af strømmen kærligheden har skabt og udgjort, eller kan vidner – som måske gør sig forsøg på at efterleve denne kærlighed, opleve den samme – holde den i live? Spildes kærligheden, og daler den til jorden, når parterne den er opstået ved, ikke lever længere, eller ikke deler denne kærlighed til hinanden længere, eller vil den for altid flyve rundt i luften, og skabe mere varme i atmosfæren. På den anden side, vil kærlighed vel aldrig være tabt på jorden, fordi så længe den har været der, har den omringet nogle med det bedste som eksisterer, skabt inderlighed og glæde, og det vil – lige meget om det så ikke findes længere, til en hver tid, være bedre end slet intet.

Når dagen kommer, hvor du ikke længere husker din kærlighed til mig, må jeg huske den. Hvis ikke en´ af os husker den, vil jeg måske ikke kunne elske dig, og der vil ikke længere være kærlighed mellem os, hvilket aldrig må ske, fordi du er til evig tid min, og jeg til evig tid din.

Jeg hælder kaffe op i din sædvanlige kop, og klikker tre sødetabletter i. Du har altid elsket det søde i livet, også selvom du skjuler det godt. Så strammer jeg også min morgenkåbe, og går i mine sutsko ud til dig i haven, med to kopper kaffe. Jeg rækker dig koppen, og tager selv en tår af min egen. Min uden sødetabletter i sig, jeg bryder mig bedre om kaffen når den er bitter, hvilket man ikke skulle tro om mig. Du lægger din arm omkring mig, og varmer mig lidt mod blæsten. Kysser mig på panden, og peger på vintergækkerne som er i gang med at spire. Der har vi også været, spirende. Måske er vi ved at visne, men vores kærlighed blomstrer.

Jeg fryser lidt, siger jeg, og gør tegn til at gå indenfor. Lad os blive herude lidt endnu, siger du, og vi bliver stående lidt endnu, i blæsten.

PIGEN VED SPIRET

Hun sidder dér, helt alene. Hun skuer ud over byen, med klare og fordomsfrie øjne. Hun har lagt sine foldede hænder sammen i skødet, bare for at have dem et sted. Jeg kan se i hendes blik, at hun undrer sig. Hun ser meget sød ud, og jeg er betaget af hende. Hvis fornuft og logik var til i denne verden, så ville hun falde ned. Falde ned fra det høje spir hun sidder på, falde og falde, lige til hun ramte den hårde kolde asfalt. Det ville destruere hendes smukke væsen, så hvor er det dog godt, at her ingen fornuft er tilstede. Jeg ville ønske jeg kunne nå hende, nå hendes små søde kinder, som efter blæstens udskejelser, er blevet helt røde. Jeg har fået lyst til at høre hendes stemme, høre hvordan hun udtaler ord som "bolsjer", og "kærlighed". Opdage om hun ser mig ind i øjnene, når hun taler til mig, eller om hun febrilsk søger efter lokkebidder og ledetråde rundt i lokalet, som hun kan lade samtalen følger efter. Jeg kan ikke forestille mig, hvordan hun nogensinde er kommet op på det tag, så højt oppe. Hvis jeg ikke vidste bedre, ville jeg formode at hun var fløjet derop, måske med en paraply, eller også var hun dalet ned fra en sky med en stor håndfuld kulørte balloner i snore. Hun ser så betuttet ud, som om hun ikke aner hvad det er hun ser ud over, og skal forholde sig til. Jeg forestiller mig selv, kravle op ad spiret. Forestiller mig, hvordan jeg – ualmindeligt afslappet og dagligdags – ville slå mig ned ved hendes side, og spørge hvem hun var. Måske skulle det så begynde at regne, hvorefter jeg i en beslutsom bevægelse, ville slå en – måske gul – paraply op over vores hoveder, gribe fat om hendes liv, og kure os begge ned fra det høje spir. Hvis vi var rigtig heldige, ville vi lande i en høj bøge-trætop, hvor vi ville bygge vores eget legehus, og lege og leve sammen, så længe vi havde det rart.

Som hun sidder dér alene - hvor er hun dog yndig. Hvis nogen i denne verden ville have lyserødt blod i årene, så skulle det være hende. Hendes krop fungerer som en blomst, den spirer bare, og blomstrer så på et tidspunkt. Kun denne blomst afblomstrer aldrig, kronbladene vil kun blive flere med tiden, og de vil aldrig blive blæst væk af vinden, eller plukket af en ubetænksom hånd. Det er det jeg håber på, men jeg kan jo aldrig vide mig sikker. Jeg drømmer bare om den sødeste eksistens på jorden, hvor ville hun dog være dejlig. Hendes lyse slangekrøller ville sno sig vej ned til brystet, som en karrusel ville de føre beskuerens øje ud på en rutsjetur. Hvis mine øjne nogensinde skulle være så heldige at se krøllerne på nært hold, ville de fryde sig ved synet, og slubre det til sig.

94

Ikke hverken på en grådig eller tørstig eller hungrende måde, men på en hensynsfuld og fascineret måde. Når et syn virkelig gør indtryk på øjet, er det som om der skabes bølger i synet. Som om det skiller sig så meget ud fra resten af verdensindtrykkene, at det optages som bølger af øjet, og ikke bare som noget fladt. Sådan tror jeg hun ville blive betragtet af mine øjne. Når noget er for skønt til at beskrives, for overvældende til at udtale, for sindsopvækkende til at gengive, og man kun har lyst til at gøre sig til ét med det, lade sig omfavne af fænomenet – kan man kun tie og se på; lade billedet opsluges af øjnene i bølger, som om det når dem, som om det besidder tilstrækkelig med udtryk, så det kan række sig mod én, og klø éns øjne med dets skønhed. Sådan påvirker hun mig, selv fra denne afstand, selv oppe fra spiret.

Hun er for skøn til at gå på jorden, hun hører til højere oppe. Måske skulle jeg i stedet gribe hende under armene – hvis ikke hun er kilden naturligvis – og flyve opad. Flyve rundt hér og dér, op og ned, som vinden blæser. Hun ville nok grine, ja, hendes latter ville give mig sommerfugle i maven. Hun ville først lade sig holde lidt tilbage, hun *er* jo ydmyg, men så lade sig rive med af morskaben i at flyve, hun ville give sig hen til luften, og le sødt og fnisende. Hun ville ikke tale uden opfordring, og altid svare kort på spørgsmål. Måske ville hun endda være stum? Hun ville være iklædt en lyserød ternet kjole, med sløjfe i taljen og blonder i kraven, og hendes hvide strømper ville aldrig åle.

Når eftermiddagssolen markerer at dagen går på hæld, og strålerne bliver guld-orange og lange, lægger de sig som et slør over hendes i forvejen gyldne hår, og hun misser med øjnene. Så gaber hun og lægger hovedet på skrå, støtter det måske op ad spiret, og lader så de sarte øjenlåg lukke ned over sine øjne så blanke som safirer. Hun døser hen, men holder – selv under søvnen – balancen på taget. Hendes ben som før har dinglet frem og tilbage i luften, hænger nu roligt ned, og bevæges kun ved vinden.

Hvor er hun dog sød, som hun sidder der.